나무는 어찌 거목이 될까요

삼대가 같이 읽는 이야기

나무는 어찌 거목이 될까요

정보암 지음

가족과 친구가 같이 읽고,
서로 삶을 나눠보는 이야기

나무가 한곳에 뿌리 내리고 긴 세월 비바람 견뎌
금줄 두른 거목이 되는 히말라야의 옛이야기,
이 책을 읽으며 갖게 된 문명에 대한 지혜는
지금까지의 삶을 온전히 바꾸어 놓을 것이다.

종교는 우주가
탄생할 때부터
이미 있었을까?

사람은 왜
태어나서 힘들게
일하다 죽을까?

바른북스

사랑하는 가족과 이웃에게!

우리는 탄생과 죽음 사이를 살아가는 유한한 존재입
니다. 그럼에도 무한한 진리를 위해 삶을 바치는 것
은 작은 이정표라도 쌓겠다는 숭고한 뜻이라 여깁니
다. 좋은 법률이 인류의 귀한 이정표가 되듯, 이 책
도 인생의 진리를 찾아 나서는 젊은 독자들에게 따
뜻한 이정표가 되리라 확신하며 읽기를 권합니다.

김흥준(판사, 부산고법)

이 글을 읽고 아침에 삼소교 대숲 길을 걸으며 파란 하늘을 바라보니 문득 나의 어린 시절 청아함과 그리움이 가슴에 새겨졌습니다. 자신과 인간과 삼라만상을 제대로 알고 싶어 오롯이 공부에만 전념했던 그 시절. 오늘날의 청소년들도 각자 고민이 많을 터, 이 책을 통해 미래의 어느 날 높푸른 하늘을 바라보는 순간을 미리 느껴보기 바랍니다.

덕문(주지, 화엄사)

방황하는 이웃을 위해 자신의 삶을 다 바치는 나무의 모습에서 우리 청년 학생들도 자신을 포함한 인류를 위해 주어진 길을 뚜벅뚜벅 걸어갔으면 좋겠습니다. 모든 것을 근본적이고 객관적으로 살펴 받아들이는 지혜는 교과서에서 찾기 힘든 것이니 잘 새겨보시기 바랍니다.

이상환(학교장, 경남외고)

비바람 속에서도 우뚝 솟은 나무처럼, 걷잡을 수 없는 혼란의 문명 속에서 젊은 성도들이 훌륭히 성장하기를 저는 늘 바라고 있습니다. 동남아시아의 글로벌 인사 '나마스떼'는 당신 안의 신을 존중한다는 뜻을 가진답니다. 이 책을 통해 수많은 믿음의 출발을 바로 보고, 취사선택하는 안목을 얻을 수 있다고 생각합니다.

정원옥(장로, 김해중앙교회)

차 례

추천하고 싶어요

작품 되짚어 보기
인도 제자들을 위한 덧붙임
(Addition for the students of India)

1. 잊히지 않는 이야기

저는 젊은 시절 오랜 방황 끝에 히말라야 남서부 지방에서 몇 년 생활했던 적이 있었습니다. 처음엔 여행이 목적이었으나 마침 그곳에 코리아 열풍이 불어 한국어교원으로 잠시 머무르게 된 것입니다. 그때 우연히 어느 제자의 할아버지에게서 들었던 이야기는 지금도 가슴에 울림이 있어 어떻게든 여러 사람에게 전하고 싶었습니다.

처음 들을 땐 너무 흔한 세상의 몇몇 종교 내용 같아 시큰둥했습니다. 그랬더니 제자의 할아버지는 매우 진지한 표정으로 내게 힘주어 말했었습니다.

"예수, 무함마드, 부처… 이런 이름은 힌두신의 또 다른 형태일 뿐입니다. 사람들이 신의 가르침을 제대로 따르지 않으니 시대를 달리해 그분들이 세상에 태어나 삶의 이치를 몸소 보여준 것이라오. 그리고 깨달은 사람은 이 나라에 수없이 많아요. 하지만 내가 나의 할아버지께 들은 '나무' 이야기는 정말 특별한 감동이었답니다."

그러면서 나무의 진실한 삶과 지혜, 나아가 이웃에 대한 사랑을 기억하고 널리 전해달라고 말했습니다. 제가 꽤 망설이다 이렇게 글을 쓰는 이유이기도 합니다. 여러분 중에 한 분이라도 이 이야기를 뜻깊게 읽어주신다면 더 바랄 것이 없겠습니다.

할아버지는 나무의 진실한 삶과 지혜,
나아가 이웃에 대한 사랑을 기억하고 널리 전해달라고 말했습니다.

2. 가슴에 얹힌 돌

옛날 작은 마을에 착한 부부가 아이를 낳았습니다. 아이의 이름은 나무였습니다. 남편과 아내는 오랫동안 기다렸던 아기인지라 정성껏 잘 키웠습니다.

그런데 십 년이 지나지 않아 아이의 엄마는 알 수 없는 병에 걸려 자리에 눕게 되었습니다. 좋은 약을 써도 낫지 않자 남편은 이름난 치료사를 집으로 모셨습니다.

어린 나무의 눈에 그분은 예사롭지 않아 보였습니다. 마을 사람들 대부분은 나무의 아빠와 많은 일들을 의논했는데 아빠는 오히려 치료사에게 의논을 많이 했습니다. 그는 오랜 시간 기도를 올린 후 말했습니다.

"이 세상에 살아온 모습대로 다음 세상에 나시리라."

나무는 그때 사람이 병들고 죽는다는 것을 알게 되었습니다. 사는 동안의 잘잘못을 따라 죽은 후 다른 세상에 태어난다는 말도 들었습니다. 사랑하는 엄마가 자신을 두고 딴 세상으로 간다는 것이 믿어지지 않았습니다.

나무의 아빠는 마음을 정리하는 것 같았습니다. 높은 곳에 있다는 하늘님 뜻으로 여겼습니다. 마침내 엄마는 나무를 꼭 잡았던 손에 힘이 풀리면서 눈을 감았습니다. 모든 사람이 울었습니다. 치료사가 분명 엄마는 다음 세상에 다시 태어날 것이라 했는데도 마을은 슬픔에 푹 빠졌습니다.

사람은 누구나 살다 죽는다는 것을 알게 되었습니다.

나무는 점점 자라면서 반듯한 소년의 모습을 갖추게 되었습니다. 아빠는 아들의 혼인을 서둘렀습니다. 좋은 집안에서 귀하게 자란 여인을 며느리로 맞아들였습니다. 자신의 뒤를 이어 집안을 이끌 것이라 믿는 아들에게서 가끔 깊은 어둠을 보았기 때문입니다.

나무는 들에서 농사일도 익혔습니다. 집 밖으로 나간 나무는 많은 것을 보게 되었습니다. 힘들게 땅을 파는 사람도 있었고 병이 들어 비틀거리며 걷는 사람도 있었습니다. 파인 땅 위로 벌레가 기어 나온다 싶었는데 갑자기 새가 덮쳐 물고 가는 모습도 봤습니다. 더러는 죽은 사람을 묘지로 옮겨가는 일행도 만났습니다. 나무는 문득 엄마가 생각났습니다.

'사람들 사는 모습이 왜 힘들어 보일까, 사람은 왜 병들까?'

'벌레는 자신이 잡아먹히는 것을 알까?'

'엄마는 일찍 돌아가셨다. 나도 죽게 될까?'

치료사는 세상을 만든 신이 모든 생명도 만들었다

말했지만 쉽게 믿어지지 않았습니다. 신이 만든 사람이 이렇게 고생스럽게 산다면 뭔가 잘못된 것 같았습니다. 벌레도 새에게 먹히지 않아야 했습니다.

나무는 어쩐지 자신만은 죽지 않을 것 같았습니다. 차갑게 굳어진 몸으로, 흔들려도 불평 한번 안 하고 묘지로 실려 간다는 사실이 믿어지지 않았습니다. 그럴 때는 가슴에 무거운 돌이 누르는 것 같았습니다.

마침 나무는 나라 안팎에 세상의 이치나 신의 뜻을 공부하는 사람이 많다는 이야기를 들었습니다. 그들은 옷 입는 시간, 밥 먹는 시간까지 아껴가며 부지런히 수련한다고 했습니다. 목적은 '참된 나'를 구하는 것이라 했습니다.

나무는 자신도 수련이라는 것을 하겠다고 결심했습니다. 아빠의 기대를 모르는 바 아니지만 어쩔 수 없었습니다. 엄마의 죽음에서 시작된 물음에 스스로 답을 구해야 다른 일도 잘할 수 있을 것 같았습니다.

"아버지께는 내가 떠난 후 말씀드리세요. 가슴에

얹힌 무거운 돌을 반드시 덜어내고 오겠습니다.”

“기어이 결심했군요. 제 배 속에는 아기가 자랄지
도 모르는데….”

돌아서는 나무의 뒤에서 부인이 깊은 한숨을 지었
습니다.

순간 눈빛이 흔들리던 나무는 나지막이 대답했습
니다.

“그러면 새 생명을 위해서라도 더욱 열심히 수련
하겠습니다.”

나무는 참된 나를 구하기 위해 길을 떠납니다.

3. 수련

　나무는 집을 나선 후 '수련으뜸' 스승을 만났습니다. 그는 편하거나 배부르면 안 된다며 돌바닥에 앉아 공부하고 하루 한 끼만 먹었습니다. 고행 속에서 열심히 '참된 나'를 찾는 일에 으뜸이었습니다.

　그런 스승을 만나 수련을 하게 된 나무는 너무나 기뻤습니다. 비로소 참된 나를 깨우칠 것 같았습니다. 처음에는 힘들었지만 참된 나를 찾는 지름길이라 생각하니 곧 익숙해졌습니다. 마침내 스승보다 수련을 더 잘한다는 말까지 들었습니다. 하지만 그 뿐이었습니다. 쉽게 찾을 것 같던 참된 나는 아무리 수련을 잘해도 모습을 보이지 않았습니다.

그래서 다음으로 '관찰으뜸' 스승을 찾아갔습니다. 스승은 새로운 눈을 갖게 해주었습니다. 산에 있는 짐승이 모두 먹고 먹히는 관계란 말을 듣는 순간 나무는 눈이 번쩍 뜨였습니다. 그런데 사람은 다르다고 했습니다. 사람은 짐승을 키우기도 하고 잡아서 요리를 할 수도 있다 말했습니다. 신이 허락했다는 것입니다. 그리고 사람은 죽어서 다시 태어난다 했습니다. 스승은 보통 사람의 눈에는 잘 보이지 않는 것도 관찰하는 신기한 힘이 있는 것 같았습니다.

열심히 참된 나를 관찰하던 나무는 역시 스승보다 낫다는 말을 들었습니다. 하지만 나무에게는 참된 나가 여전히 관찰되지 않았습니다. 스승이 말씀하셨던 다음의 생도 안개 속이었습니다.

나무는 관찰하는 수련을 통해
사물의 본 모습을 인식하는 눈을 갖게 되었습니다.

나무는 다시 길을 떠났습니다. 이번에는 조용히 혼자 수련해 볼 생각에 공동묘지가 있는 바위산으로 갔습니다. 만약 참된 나를 못 찾으면 죽어도 좋다는 각오로 거의 먹지도 자지도 않고 수련했습니다. 나무의 양 볼은 푹 파이고 갈비뼈는 날이 갈수록 돋아났습니다. 그렇게 여러 해가 흘렀습니다.

나무의 몸은 묘지에 실려 오는 죽은 자의 모습처럼 변해갔습니다. 움직임이 없는 나무의 몸을 새가 앉아 쪼았습니다. 그래도 수련은 계속되었습니다. 그러던 어느 날 높은 절벽에서 문득 떨어지는 자신을 봤습니다. 참된 나를 찾기도 전에 죽겠다는 생각이 들었습니다. 나무는 굳어버린 자신의 다리를 주무른 후 천천히 일어났습니다.

너덜너덜한 옷을 겨우 움켜쥐고 가까운 개울로 갔습니다. 맑게 흐르는 물을 한 움큼 들이켰습니다. 몸을 개울물에 씻었습니다. 그리고는 갑자기 정신을 놓아버렸습니다.

움직임이 없는 나무의 몸을 새가 앉아 쪼았습니다.
그래도 수련은 계속되었습니다.

4. 한 줄기 빛

얼마 후 정신을 차린 나무의 눈에는 걱정스러운 얼굴의 여인이 크게 들어왔습니다.

"여보세요, 괜찮으신가요?"

여인은 자신의 허벅지에 기절한 사람의 머리를 편히 누인 채 숟가락으로 죽을 떠서 나무의 입을 조금씩 축여주는 중이었습니다. 나무는 순간 몸을 일으키려 고개를 들었지만 힘이 안 들어가 움직이는 시

늉만 한 꼴이 되었습니다.

"기운이 돌아오면 일어나세요. 만약 개울물 쪽으로 쓰러졌다면 당신은 이미 죽었을 거예요."

"아, 정말 고맙습니다."

나무는 감사의 마음을 깊이 전했습니다. 잊고 있었던 사람의 따뜻한 체온이 느껴졌습니다. 진심으로 보살펴 주는 정성이 참 감동이었습니다. 불현듯 이 여인의 모습이 세상에서 가장 아름답다고 생각했습니다. 오직 수련에만 집중하려는 굳은 결심이 그만 개울물에 흘러갈지도 모르겠다는 생각에 겁이 났습니다.

나무는 다시 마음을 고쳐먹고 수련을 이어갔습니다. 이번에는 방법을 달리했습니다. 많은 날을 덜 먹고 덜 자며 고통스럽게 수련했지만 참된 나는 드러나지 않았습니다. 그래도 얻은 게 하나 있기는 했습니다. 무작정 몸을 괴롭히고 굶주리는 것은 오히려 그 고통이 참된 나를 멀어지게 할 뿐이라는 생각이 들었던 것입니다.

나무는 개울가의 덤불을 잘 간추려 자리를 만들고

편안히 앉았습니다. 마침 목숨을 구해준 여인이 하루에 한 번씩 음식을 갖다주어 큰 힘이 되었습니다. 나무는 커다란 정자나무 그늘에서 깊은 생각에 잠겼습니다. 몸과 마음이 회복되니 수련이 훨씬 잘되었습니다. 몸과 마음이 같이 움직인 것입니다.

그러고 보니 모든 것이 서로서로 관계를 맺고 있었습니다. 몸이 편해야 마음도 편히 생각에 잠긴다, 어미 소가 있어야 송아지도 편안히 젖을 먹을 수 있다, 벌레가 있으니 새가 있다, 산이 있으니 강이 생기고 강이 있으니 바다가 있다….

순간 나무는 새벽하늘을 가로지르는 한 줄기 빛을 봤습니다. '모든 것이 꼭 잡은 손처럼 맞물려 돌아간다. 모든 것은 모든 것으로 산다. 사자는 작은 동물들이 있어 살고 작은 동물은 풀이 있어 산다. 사람도 마찬가지다. 크든 작든 이 세상의 모두는 저절로 생기거나 혼자 살아가는 게 아니다.'

나무는 가슴 위의 돌이 사라지는 시원함을 느꼈습니다. 실마리가 잡히는 것 같았습니다.

어미 소가 있어야 송아지도 있고, 벌레가 있어야 새도 있습니다.
강이 있어야 바다도 있습니다.

몸과 마음이 건강해진 나무는 이제 세상의 속 모습까지 살피게 되었습니다. '참된 나'도 나와 세상의 관계에서 출발하는 것 같았습니다. 그런데 그 관계는 늘 변했습니다. 어릴 때 나와 부모의 관계는 현재의 나와 부모 관계와 다릅니다. 없던 관계가 새로 생기기도 했습니다. 그렇다면 참된 나도 변하는 것입니다.

참된 나마저 변하는 것이라면 신이 세상을 만들었다는 말은 의심스러웠습니다. 만약 신에 의해 만들어졌다면 도중에 변할 수 없는 것입니다. 신을 봤다는 사람은 여태껏 만나본 적이 없습니다. 죽었다 돌아온 사람도 없었습니다. 전생의 부모와 자식이 다시 만났단 말도 들은 적 없습니다. 관찰으뜸 스승의 제자였던 나무는 신에 대한 말들을 잘 관찰해 보았습니다. 이윽고 고개가 끄덕여졌습니다. 아하, 신은 사람의 머릿속에 있었구나! 세상의 놀라운 일들을 설명하려면 신이 꼭 있어야 할 것 같았습니다.

세상 모두가 서로 관계를 맺고 있습니다.
모든 것은 모든 것이 있으므로 살게 됩니다.

5. 지혜으뜸

나무는 자신의 깨달음을 빨리 스승들께 여쭈어보고 싶었습니다. 하지만 그들은 이미 이 세상 사람이 아니었습니다. 나무는 옛날 스승님 밑에서 함께 수련하던 친구들을 떠올렸습니다. 그리고 한걸음에 달려가 자신이 겪은 바를 말했습니다. 친구들은 나무의 이야기를 들으니 그들 자신도 마음이 편안해진다고 했습니다. 길가의 풀처럼, 한 마리 벌레처럼 사람도 자연과 더불어 살다가 때가 되면 떠나는 거라고 여기니 이제 죽어도 괜찮을 것 같다는 말까지 했습니다.

참된 나를 찾는 사람들에게 자신의 수련과 생각을 전할 수 있음을 확인한 나무는 친구들과 함께 널리 세상에 전하자고 약속한 후 헤어졌습니다. 나무는 바위산으로 다시 돌아왔습니다. 산 아랫마을은 일 년 내내 따뜻하고 먹거리가 넘쳐 늘 활기찼습니다. 여러 나라의 장사꾼도 왕래가 잦아 신기한 이야기 역시 상점마다 가득했습니다. 수련 단체도 많았기 때문에 나무에게는 여러 가지가 적당했습니다.

나무는 자신의 생명을 구해준 여인에게 거듭 감사의 마음을 전했습니다. 그러면서 자연스레 깨달음의 과정을 말하게 되었는데 문득 여인에게서도 친구들의 표정을 보게 되었습니다. 그것은 깨달음에 남녀구분이 없다는 뜻이었습니다. 여인은 기뻐하며 가까운 곳에 있는 유명한 분을 소개해 주었습니다. 너무나 지혜로워 나라님도 자주 찾는 수련자라 했습니다.

'지혜으뜸' 스승은 처음 보는 나무를 반가이 맞아 주었습니다. 그리고는 그의 '첫째 제자'에게 나무가 묵을 자리를 정해주라고 했습니다. 첫째 제자는 구석진 빈자리를 나무에게 안내해 주었습니다. 나무는 저녁이 되어 잠잘 준비를 하다가 순간적으로 독사가 스치는 것을 보았습니다. 잠시 놀랐으나 바위산 공동묘지에서 오랫동안 수련하며 독사를 자주 접한 나무는 뱀을 무서워하진 않았습니다. 자신보다 훨씬 덩치 큰 사람에게 먼저 공격하는 뱀은 없으니까요. 나무는 독사가 싫어하는 풀을 주변에 잘 뿌린 후 편안히 누웠습니다. 그곳에 무시무시한 독사가 자주 드나드는 것을 아는 다른 제자들은 내심 나무를 다시 바라보게 되었습니다.

독사를 자주 접한 나무는 뱀을 무서워하진 않았습니다.
자신보다 훨씬 덩치 큰 사람에게 먼저 공격하는 뱀은 없으니까요.

어느 날 수련단에 큰 행사가 있어 나무도 끝자리에 앉게 되었습니다. 지혜으뜸 스승이 깊은 울림으로 제자들에게 말하고 있을 때 갑자기 한 여인이 달려와 소리를 질렀습니다.

"나는 여기에 늘 먹거리를 올렸습니다. 그런데 복이 들기는커녕 지금 아들이 눈을 못 뜨고 숨을 멈췄습니다. 제발 내 아이 좀 살려주세요!"

수련단이 큰 소란에 빠졌습니다. 여인이 안고 있는 아이의 눈가는 벌써 까맣게 변하고 있었습니다. 죽은 자를 어떻게 살린다는 말인가! 여인은 지혜으뜸 스승에게 막무가내로 떼를 썼습니다. 이때 나무는 두 사람 앞으로 조용히 걸어 나갔습니다.

"지혜으뜸 스승님, 제가 이 부인의 아들을 살려내겠습니다."

그리고 여인을 향했습니다.

"부인이시여, 지금 그대 이웃을 찾아 물어보시오. 그 이웃 사람들 중 한 명이라도 가족의 죽음을 경험하지 않은 이가 있다면 내가 아이를 살리겠소."

여인은 자식을 살려준다는 말에 부리나케 달려 나갔습니다. 그리고는 얼마 지나지 않아 수련단으로 돌아왔습니다. 그런데 그 발걸음은 많이 차분해져 있었습니다. 여인은 고개를 숙여 조용히 말했습니다.

"제가 아들의 죽음 앞에서 잠시 정신이 나갔던 모양입니다. 죽지 않는 사람은 없고, 그 죽음은 누구에게나 닥친다는 것을 새삼 일깨워 주시어 감사합니다."

그날 밤 지혜으뜸 스승은 나무를 찾았습니다. 그리고 오히려 자신을 제자로 받아달라고 부탁했습니다. 나무는 몇 번이고 사양했지만 뜻을 꺾을 수는 없었습니다. 다른 제자들도 지혜으뜸을 진심으로 따랐으므로 어린 나무에게 모두 스승의 예를 갖추었습니다.

그렇게 수련단 최고 자리에 앉게 된 나무는 자신의 깨달음을 가장 쉬운 말로 대중에게 전하는 것으로 보답했습니다. 수련자는 물론, 마당에서 풀 뽑는 일꾼조차 그의 말씀을 듣고 고개를 끄덕일 정도였습니다. 오랜 세월 수련한 사람끼리 통하는 말 대신에 누구나 사용하는 일상의 말로 바꾸어 쉽게 가르쳤습니다.

"내가 먹는 밥은 누군가의 노력으로 만들어진 것이고 내가 입는 옷은 누군가의 땀으로 지어진 것이오. 늘 그들을 생각하세요. 그리고 모든 것은 변합니다. 저도 변했습니다. 그러니 한 가지만 붙들지 마세요. 바꿀 수 없는 과거나 불확실한 미래는 던져버리고 지금 행복하게 사세요. 전생이니 다음 생이니 하는 것은 우리가 알 수 없습니다. 모르는 것에 너무 빠져들지 마세요."

나무의 말은 그 나라의 왕에게도 많은 도움이 되었습니다. 나라를 다스리기 위해서는 일정한 생활규칙이 필요한데 나무의 가르침은 거기에 딱 맞았습니다. 그동안 나라의 종교 지도자 말을 더 중히 여기던 백성들이 점차 왕이 정하는 규칙을 잘 따라주니 환영받을 만한 일이었습니다.

나무는 큰 수련단의 스승이었지만 옷차림이나 음

식은 여느 수련원과 다르지 않았습니다. 가끔은 먹거리를 구하러 나간 거리에서 여러 상인들과 대화도 나눴습니다. 그중 낙타를 타고 다니던 상인은 이런 말을 했습니다.

"저는 사막 너머까지 가봤는데 거기는 우리와 얼굴이 다른 사람들이 살아요. 말도 다르고 이 세상을 만든 신도 달랐습니다. 사람이 죽으면 그 마음은 자기 후손의 몸에 들어간다고 했습니다."

상인의 말을 들은 나무는 세상이란 무척 넓고, 지역마다 다양한 생각이 있을 거라는 생각을 갖게 되었습니다.

모든 것은 변하니 한 가지만 붙들지 마세요.
바꿀 수 없는 과거나 불확실한 미래는 버리고 지금 행복하게 사세요.

6. 복은 스스로 짓는 것

그러던 어느 날입니다. 오랜만에 바위산 동굴에서 깊이 명상에 잠겨 있던 나무는 눈을 천천히 떴습니다. 사방이 희미한 어둠에 잠겨 있었죠. 서둘러 숙소로 돌아가려는데 말소리가 들렸습니다. 낮고 그윽한 음성이 귀에 익었습니다.

"그분은 누가 뭐라 해도 깨우친 사람이요. 어리다고 함부로 말해선 안 될 것이야!"

"스승님, 분명히 여인의 품 안에서 맛난 것을 먹었고 덤불로 편안함을 취했습니다. 그 여인의 약혼자가 증인입니다. 이대로 넘어가서는 안 됩니다!"

첫째 제자의 따지는 듯한 소리가 들렸는데 잠시 후 지혜으뜸님의 말이 이어졌습니다.

"얼마나 훌륭하신가! 정신을 잃은 후 보살핌을 받았다는 것은 죽기를 각오한 수련의 증거요, 덤불을 가지런히 깔았다는 것은 형식을 넘어서 새로운 수련법을 깨쳤다는 뜻이구나."

나무는 수련단의 발전이 그저 얻어진 게 아니란 생각이 들었습니다. 이런 모임 역시 서로 맞물려 돌아감을 깊이 느꼈습니다. 지혜으뜸은 과연 지혜로운 분이었습니다.

며칠 후 요란한 소리가 나더니 지혜으뜸이 급히 나무를 찾았습니다.

"깨우친 분이시여, 잠시 자리를 피해야겠습니다. 왕의 둘째 아들이 난을 일으켰답니다. 그와 우리 수련단 첫째 제자는 잘 아는 사이입니다. 그 제자는 수련단 최고가 되려는 욕심이 있습니다."

그러면서 이번 기회에 북쪽의 옛 제자들을 잠시 만나보는 것도 좋겠다고 권했습니다. 나무는 그의 말을 받아들여 여행길에 나섰습니다. 옷을 바꿔 입은 나무의 곁에는 밤하늘 별빛으로 방향을 잡는다는 젊은 수련자 한 명만이 따르고 있었습니다.

육로보다는 해로를 이용하자는 제자의 말에 따라 장사꾼 일행들과 섞여 배를 탔습니다. 그런데 얼마 지나지 않아 비바람이 불었습니다. 제자의 말로는 좀체 없는 경우라면서 아마 곧 멈출 거라 했습니다. 그런데 바람은 오히려 거세졌습니다. 돛대도 부러지고 파도에 따라 배가 뒤집힐 것 같았습니다. 그때 누군가 소리를 질렀습니다.

"우리 배 안에 부정한 여자가 있는 것 같소."

그러면서 손가락으로 한 곳을 가리켰습니다. 오누이인 듯한 장사꾼의 낯빛이 변했습니다. 장사꾼은 대개 남자들로만 꾸려지므로 여성은 보기 드물었죠. 흥분한 사람들이 여인을 끌어내었습니다.

"이 여자를 바다신께 바칩시다."

나무는 급히 여인을 막아섰습니다.

"이 여인이 어째서 부정하단 말이오? 증거를 보이시오."

사람들이 순간 멈칫했습니다.

"바다신을 당신이 보았소? 어떻게 생겼는지 아시오? 설령 그렇다 한들 배가 흔들리는 것은 그와 관계없소. 바람의 인연으로 파도가 일어난 것이니! 내가 신에게 기도해 바람을 잠재울 테니 잠시만 기다리시오. 내 기도가 통하지 않는다면 그때 당신들 마음대로 하시오."

그리고는 무거운 짐들을 모두 바다로 던지게 한 후 사람들을 배 가운데에 엎드리게 했습니다. 나무는 엄숙한 얼굴로 한참을 기도했습니다. 과연 얼마 후 바람이 약해지고 배가 안정을 찾았습니다. 오누이를 포함한 모든 사람은 나무를 우러러보았습니다. 나무는 인연 따라 일어난 바람이라 그 바람의 인연이 다할 때만 기다린 것뿐이라고 겸손하게 말했습니다.

두려워하지 마세요.
인연 따라 일어난 바람이니 인연이 다할 때를 기다리면 됩니다.

돛대도 없는 배는 몇 날 며칠을 바다에 떠돌았습니다. 그러다 어느 바닷가 바위틈에 닿게 되었습니다. 어디선가 군사들이 달려왔습니다. 마침 죽을 뻔한 그 여인이 군사들의 낯선 말을 듣고 안도의 숨을 쉬었습니다. 예전에 조금 익혔던 말이라 했습니다. 이 나라의 왕도 나무 일행의 소식을 듣고 많은 도움을 주었습니다. 마침 나라에 큰 행사가 있어 초대도 해 주었습니다. 행사의 주인공이 전하는 이야기는 어쩐지 나무의 나라에 있는 수련단과 연관된 것 같았습니다. 물론 여인의 통역으로 알게 된 사실이지만요.

"저 서쪽 나라 '깨달은 이'로 인해 세상이 어떻게 만들어졌는지 알게 되었소. 착하게 살지 않으면 죽어 불덩이에 떨어집니다. 부지런히 몸과 마음을 닦으시오. 그분의 이름만 외워도 복이 올 것이오."

나무는 적잖이 놀랐습니다. 여기까지 자신의 가르침이 전해졌단 사실이 놀랍기도 하지만 자신의 말과 상당히 달라져 있는 내용에 더 놀랐습니다. 착하게 살아야 한다는 것은 맞지만 죽어 불덩이에 떨어진다

는 말은 한 적이 없었으니까요. 죽은 후는 우리가 알
수 없는 세상입니다. 복은 스스로 짓는 것임에도 남
의 이름만 부르면 복이 올 거라 하니 뭔가 잘못된 느
낌이었습니다.

나무는 나중에 행사 진행자로부터 북쪽 큰 나라
위대한 스승의 존재를 알았습니다. 깨달은 이의 말
씀도 그 스승에게서 들었다고 했습니다. 나무는 다
행이다 싶어 북쪽 큰 나라로 가는 길을 묻고 감사의
인사를 올렸습니다.

"고맙습니다. 저도 그분의 말씀을 들은 적 있습니
다. 그분은 관찰할 수 없는 이전의 세상이나 이후의
세상은 생각 말고, 현재의 인연을 중히 여기며 살라
고 하더군요."

통역을 해주던 여인은 동그래진 눈으로 나무를 바
라보았습니다. 나무는 가만히 웃음을 지었습니다.

나무와 일행들이 북쪽 큰 나라를 거쳐 고향으로
돌아갈 준비를 하는데 왕이 급히 나타났습니다. 그
리고는 통역 여인에게 청혼을 했습니다. 여인이 지

니고 온 차를 감사의 의미로 왕에게 몇 번 대접했는데 그것이 왕의 오래된 두통을 없앴다는 것이었습니다. 더구나 왕은 여인의 아름다운 목걸이에 큰 관심을 보였습니다. 황금색 구슬과 잘 다듬어진 쇠붙이가 왕이 꿈속에서 본 모양 그대로라는군요. 나무는 두 사람의 혼인을 진심으로 축하해 주었습니다.

"이 인연을 무엇이라 말할지 모르겠군요. 오랫동안 특별할 것 같습니다. 아울러 서쪽 나라 그분의 가르침도 이곳에 잘 전해질 것 같소이다."

여인도 미소를 지으며 가만히 고개를 끄덕였습니다. 거기에는 한 나라의 왕비가 된다는 기쁨 이상이 배어 있는 것 같았습니다.

관찰할 수 없는 이전의 세상이나 이후의 세상은 생각 말고, 현재의
인연을 중히 여기며 살아야 합니다.

7. 모양만 다를 뿐

　북쪽 큰 나라 위대한 스승을 만나기는 쉽지 않았습니다. 며칠째 길을 찾던 나무와 제자는 사막 한가운데서 말을 탄 무리를 만났습니다. 그들은 무시무시한 도적 떼였습니다. 두 사람은 눈 깜짝할 사이에 그물을 뒤집어썼습니다. 제자는 스승을 위해 온몸으로 버텼지만 도적의 채찍을 이겨낼 수 없었습니다. 나무가 놀라 온 힘으로 제자를 붙잡았으나 몸은 이미 도적의 말 옆구리에 묶여버렸습니다.

정신을 차려보니 나무의 몸은 흙더미 위에 놓여 있었습니다. 하얀 얼굴에 털이 많은 커다란 체구들이 나무를 생선처럼 뒤적거렸습니다. 그리고 한 사내의 억센 손에 뒷덜미가 들렸습니다. 북쪽 큰 나라에 도착도 못 하고 다른 나라의 노예로 팔린 거였습니다.

나무는 엄청난 충격으로 얼이 반쯤 빠져버렸습니다. 사람들의 말은 도무지 알아들을 수 없었고 시키는 일이 너무 많아 몸은 지칠 대로 지쳤습니다. 어느 날 물속의 자신을 보니 고향의 일꾼들을 그대로 닮아 있었습니다. 햇빛에 그을린 탁한 피부, 헝클어진 머리, 땟물에 찌든 옷. 사람은 원래 높고 낮음이 없다는 자신의 말이 그대로 드러난 셈이지요. 문득 정신을 차린 나무는 어떻게든 이 어려움을 헤쳐 고향으로 돌아가야겠다고 다짐했습니다.

말을 알아듣는 것이 우선이라고 생각한 나무는 틈나는 대로 주인집 아이들과 가까이했습니다. 아이가 한 낱말을 익히면 그대로 따라 배웠습니다. 그런데 어느 날 산불이 났습니다. 숲 가운데 놀던 아이들은 달려오는 불길에 꼼짝없이 죽게 되었습니다. 나무는 재빨리 달려가 아이들을 감싸며 맞불을 놓았습니다. 멀리서 발만 동동 구르던 주인마님은 너무나 놀라 외마디 비명을 질렀습니다. 하지만 결과적으로 맞불 덕분에 아이를 잃지 않게 된 주인은 그날부터 나무를 노예 이상으로 특별히 대해주었습니다. 나무는 아이들과 함께 말 공부를 계속할 수 있었습니다.

달려드는 산불에 오히려 맞불을 놓아
지혜롭게 아이들을 구한 나무는 주인의 신임을 받았습니다.

그렇게 세월이 흘러 나무는 아이들의 가정교사와 조금씩 말이 통하게 되었습니다. 선생님으로부터 사정을 전해 들은 주인마님은 자신의 소유 재산인 나무가 고향으로 돌아갈 수 있도록 마음 넓게 준비를 해줬습니다. 가정교사는 나무의 지혜에 감동해 자신의 스승들을 만나게도 해주었습니다.

그 스승이라는 분들은 생각이 아주 깊고 풍부한 사람 같았습니다.

"모든 것은 모양만 다를 뿐 똑같아요. 사물을 쪼개어 나가면 가장 작은 것이 남는데 나는 그것을 원소라고 부르지요. 만물은 모두 원소로 평등하다오."

또 다른 스승이 점잖게 말했습니다.

"오직 알 수 있는 것만 안다고 해야 합니다. 그래서 늘 너 자신을 먼저 알라고 하죠."

나무는 크게 공감하면서 자신의 생각도 조심스레 밝혔습니다.

"세상은 서로 밀접하게 연관을 맺고 있는 것 같아요. 이것이 있으면 저것이 있는 것처럼…. 그러니 혼자 변치 않고 우뚝 솟은 것은 없다고 생각합니다. 사람 스스로도 늘 변하고 있습니다. 어제의 나는 지금의 나와 분명히 다르니까요."

나무의 조용한 말에 그들은 귀를 의심했습니다. 노예 출신의 보잘것없어 보이는 사람 입에서 엄청난 지혜가 쏟아졌으니까요. 그들은 나무를 붙잡고 많은 가르침을 부탁했습니다. 그리고 자신들의 학문에 보태어 넓히겠다고 다짐했습니다.

주인의 도움으로 나무는 북쪽 큰 나라의 위대한 스승을 마침내 만났습니다. 사람들은 저들의 말로 진정한 스승이라 부르며 마치 그를 신처럼 받들었습니다.

"나는 다행히 깨달은 이의 나라에서 공부를 할 수 있었소. 실제 만나지는 못했지만 그분은 과거와 현재, 그리고 미래를 꿰뚫어 보는 분이라 들었습니다. 즐거움만 찾으면 죽어 짐승으로 태어난다 했습니다. 그래서 늘 깨끗한 벽을 바라보며 수련하고 있소이다."

나무는 큰 나라 스승의 말을 대충은 알아들을 수 있었습니다. 그래서 조심스레 물어보았습니다.

"불확실한 미래를 위해 귀중한 오늘을 벽만 바라보고 지낸다는 말씀입니까?"

"어허, 그 말은 참으로 위험하오. 오늘 고행하지 않으면 내일의 영원한 삶을 얻지 못하오."

나무는 짧게 한숨을 내쉬었습니다. 널리 알리는 것도 중요하지만 정확하게 알리는 것이 얼마나 중요한지 다시 한번 느꼈습니다.

만물은 모두 원소로 구성돼 있어 평등합니다.
오직 알 수 있는 것만 안다고 해야 합니다.

8. 마음은 뇌로부터 생겨요

마침내 나무는 고향으로 돌아가는 배를 타게 되었습니다. 고향을 떠날 때 이용한 것보다 훨씬 큰 배에는 많은 사람이 있었습니다. 대부분 장사꾼처럼 보였는데 옷차림도 달랐고 제각기 떠드는 소리로 시끌벅적했습니다.

마침 한쪽에 먹거리를 파는 곳이 있어 나무는 고향의 음식을 부탁했습니다. 오랜만에 먹어보는 맛이라 배불리 잘 먹었습니다. 그런데 좀 있으니 딸꾹질이 심하게 났습니다. 물을 마셔도 소용이 없었습니다.

"허허, 급하게 음식을 드셨군요. 코와 입을 꼭 잡아 숨을 멈추고 침을 세 번 삼켜보시오."

옆 사람의 무심한 듯한 말에 나무는 그대로 해보았습니다. 그랬더니 과연 거짓말처럼 딸꾹질이 멈췄습니다.

나무는 고마워하며 세상에는 아는 것 많은 사람이 어디든 있다는 사실을 새삼 깨달았습니다. 누군가는 사람과 짐승이 근본적으로 같다 하지만 이것만은 분명한 차이점이었죠. 나무는 고마운 그 사람에게서 많은 이야기를 들었습니다.

"나는 의술 공부를 오래 했습니다. 특히 동물이나 사람의 뇌에 관심이 많아요. 심장은 잠시 멈춰도 살지만 뇌는 멈추는 순간 죽는 것입니다. 황소의 뇌보다 사람의 뇌가 더 크다고 할 수 있죠. 어느 날 미치광이 거지의 뇌를 살펴볼 기회가 있었는데 그 뇌는 매우 쪼그라진 상태였고 듬성듬성 패인 부분도 있더라고요."

나무로서는 완전히 새로운 세계의 대화였습니다. 물론 공동묘지에서 몇 년 지낸 적이 있어 아이와 어른의 머리 크기가 다른 것은 알고 있었지만 이렇게 구체적인 말은 듣는 게 처음이었습니다.

"내 생각에 우리의 모든 마음은 바로 이 뇌로부터 나와요. 사람들은 심장이 중요하다고 말하지만 그것은 겉만 볼 때 하는 말입니다."

그의 친구인 듯한 사람도 거들었습니다.

"사람 중에도 똑똑한 이가 보통 사람보다 뇌가 큰 것 같았습니다. 아이보다 어른의 뇌는 확실히 더 복잡하고 무거웠었죠."

"맞아요. 원숭이도 뇌가 크면 틀림없이 사람이 됐을 거요."

그러면서 그들은 주변 사람들이 신경 쓰이는지 말소리를 낮췄습니다.

"창조주께서 사람을 가장 귀하게 만드셨다는데 자칫 잘못하면 오해를 받을 수 있겠네요."

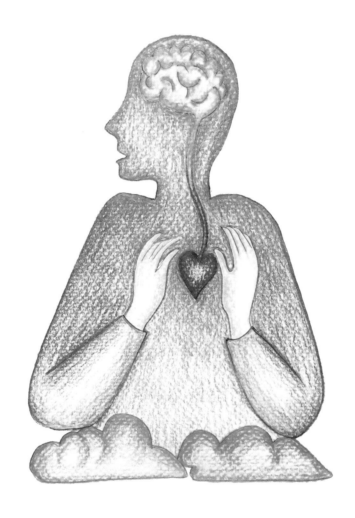

▎ 우리의 모든 마음은 뇌로부터 나오는 것입니다.

의술을 공부했다는 그 사람은 자신의 신을 최우선으로 여기는 것 같았습니다. 두 사람은 나무에게로 화제를 돌렸습니다.

"그런데 참, 당신은 서쪽 나라로 간다고 하니 궁금한 게 있소. 혹시 깨달았다는 이를 아시오?"

"글쎄요. 저는 오랜 세월 나라를 떠나 잘 모릅니다만…."

"그분은 우리의 고통을 덜어주기 위해 하늘에서 내려오셨다 하더이다."

"지금은 죽은 어머니를 위해 천상계에 계신답니다."

나무는 문득 호기심이 일었습니다.

"진짜 깨달은 자인가요? 그런데 지금 하늘에 있다는 말인가요?"

"많은 사람이 그렇다 하니 그런가 싶습니다. 하늘을 드나든다니 더욱 그렇고요."

"사람이 하늘나라로 오간다는 것을 믿나요?"

"믿습니다. 그러니까 깨달은 이죠. 창조주 신께서 우리를 사랑하긴 하시나 봐요."

세상 경험이 많아 지혜로워 보이는 사람도 신에 대한 믿음은 거의 무조건적인 것 같았습니다. 지혜는 보고 듣는 것으로 자랄 수 있습니다. 하지만 세상을 올바로 관찰하는 것은 또 다른 일입니다. 나무는 경험을 진정한 지혜로 다듬는 수련의 필요성을 다시 한번 느꼈습니다.

그때 갑자기 배가 크게 흔들렸습니다. 사람들이 한꺼번에 소리를 질렀습니다.

"아이코, 하늘님!"

"신이시여, 제발 무사히 가게 해주세요!"

모두 파랗게 질려 저마다의 신들을 찾았습니다. 열심히 목숨을 빌었습니다. 죽음에 대한 두려움은 누구든지 본능인 것 같았습니다.

사람들은 저마다의 신을 찾았습니다.
죽음에 대한 두려움은 본능인 것 같았습니다.

9. 스스로 밝은 등불

수련단의 제자들은 처음에 나무를 알아보지 못했습니다. 지혜으뜸은 이미 세상을 뜬 지 오래되었고 수련자는 많이 불어나 있었습니다. 둘째 왕자의 반란이 실패로 돌아가면서 수련단은 규율으뜸 수련자를 중심으로 여러 원칙을 만들어 질서 있게 가르침을 넓혀갔습니다. 북쪽의 수련단도 사람이 많아져 사방에 가르침이 닿아 있었습니다. 다음 생을 방문

하고 다시 돌아온 깨달은 이에 대한 소문은 입에서 입으로 전해졌습니다.

나무는 제자들에게 그동안의 수고를 격려했습니다. 그리고 자신에 대한 막연한 믿음과 부풀려진 우러름을 멀리했습니다.

"나를 사람들이 믿는 여러 신으로 비유하지 마세요. 오해할 수 있습니다. 전생이니 다음 생은 알 수 없습니다. 모르면서 예전부터 많이 들었다고 쉽게 말하지 마세요. 남이 그리 말해서 믿고, 남이 그리 믿어서 믿는다면 그것이야말로 미신입니다."

나무는 돌아오는 배에서 들었던 말들을 떠올렸습니다. 확실히 마음은 머릿속의 뇌가 일으키는 것 같았습니다. 마음은 잠시도 멈추지 않아요. 끊임없이 반응하고 생각을 일으킵니다. 심지어 잠잘 때도 움직이는 것 같습니다. 먹는 것 자는 것 다 끊고 참된 나에 집중할 때를 돌이켜 보았습니다. 내 마음은 어떠했는가. 그때는 참된 나를 열심히 찾는 마음이 있었습니다. 심지어 '참된 나라는 것이 구한다고 보이는 것일까.' 하는 의심의 마음도 일어나는 수가 있었죠.

그러고 보니 마음에는 주변 따라 반응하는 특별한 역할도 있었습니다. 나무는 자신의 뇌가 보여준 변화를 지금까지 기억했습니다. 노예가 될 수밖에 없을 땐 저절로 노예의 마음이 일어났습니다. 마음은 그렇게 세상을 해석하고 몸을 적응시키는가 봅니다.

한편으로는 뭔가를 믿고 의심하는 역할도 있는 것 같았습니다. 지렁이는 죽어서 어디로 가는지 몰라요. 그런데 사람은 죽어서 다음 생에 태어난다고 했습니다. 더구나 나무는 다른 나라에서 처음 보는 벌레도 봤습니다. 그는 죽어 어디로 가는 걸까?

나무의 귓가에 수련으뜸 스승의 말씀이 맴돌았습니다. 그래서 마음 멈추기가 필요하다고 말씀하셨구나! 멈추지 않는 뇌를 멈추는 수련. 멈춰진 뇌를 관찰에만 집중할 수 있다면 세상은 더 잘 보이겠죠. 똑같은 것도 마음에 따라 달라져요. 밥 한 그릇도 배고픈 마음으로 보면 적게 보이고, 배부른 맘으로 보면

많아 보입니다. 그런 마음을 잘 잡는 일이 제일 중요
할 것 같았습니다.

똑같은 것도 마음에 따라 달라집니다.
그래서 뇌가 일으키는 마음을 잘 아는 것이 중요합니다.

지난날의 매듭이 조금씩 풀리어 갔습니다. 하늘의 해는 사람마다 달리 불러도 대상은 하나입니다. 그러나 뇌가 만든 '전생과 다음 생'은 그렇지 않습니다. 부르는 말도 다르고 대상도 다릅니다. 그렇다면 이는 해처럼 오직 한 사실을 가리키는 일에서 벗어난다는 것입니다.

나무는 아는 것보다 실천을 더 강조했습니다. 세상을 다니다 보니 뭔가를 아는 사람은 많았습니다. 그러나 아는 것을 실행하는 사람은 많지 않았습니다. 경험에 관찰 수련을 거쳐 참된 나를 깨닫는 것이 중요했습니다. 그래야 흔들림 없이 일상을 행복하게 살 수 있으니까요.

마침 고향의 부인이 생각나 연락을 해보았습니다. 부인은 다 자란 남자아이와 함께 나타났습니다. 자신의 생명을 구해준 여인도 찾았습니다. 지금은 혼자가 되어 수련단에서 밥 짓는 봉사활동을 한다고 했습니다.

나무는 그들을 모두 수련자로서 받아들이도록 규

율으뜸 제자에게 부탁했습니다. 여자를 수련자로 받아들인 예가 없다며 주저하던 수련단도 더는 반대하지 않았습니다. 이로써 수련자들은 신분 차별도 없고 남녀구분도 없는 평등의 깃발을 높이 단 셈이 되었습니다.

나무는 그렇게 틀을 잡은 후 수련단의 인원을 조정했습니다. 깨달음을 얻으면 다시 집으로 돌아가 생업에 최선을 다하게 했습니다. 그것이 인연으로 살아가는 이 세상에 바람직하다고 여겼습니다. 삶에 의심이 들면 수련단에서 답을 구하되 해결되면 또 열심히 하루를 사는 것이 우선이니까요. 수련자는 대중으로부터 먹거리를 얻으니 열심히 진리를 좇아 깨달은 바를 대중에게 갚아야 한다고 늘 말했습니다.

또한 나무는 자신의 가르침이 일그러지는 현상도 주의했습니다.

"나의 말을 사사로이 기록하지 마시오. 말한 그대로만 전달하세요."

나무는 지난날 소란을 피우며 아이를 살려내라던 여인이 오랜 세월 마음에 걸렸습니다.

"수련자는 어떤 재물이든 사양하시오. 천국을 말하지 마시오. 그야말로 꿀 발린 독이오. 만약 복을 돈으로 사게 된다면 그것이 바로 지옥입니다."

세월이 흐르면서 나무는 정신이 아득한 순간이 많아졌습니다. 자신의 행복한 깨우침을 널리 알리고자 마음먹을 즈음이면 늘 그랬습니다. 나무는 문득 때가 가까워졌다고 느꼈습니다. 인연은 불쑥 나타나 언제나 곁에 있었다는 듯 어깨를 토닥거리니까요.

"모든 것은 마음이 짓습니다. '강'을 말할 때 마음에 떠오르는 강은 각자 달라요. 어부의 강, 뱃사공의 강, 농부의 강…. 같을 수가 없죠. 마음을 멈추고 잘 보세요. 우리가 늘 찾는 신도 그런 거예요. 내가 하는 이 말 또한 마찬가지입니다."

'강'을 말할 때 마음에 떠오르는 강은 각자 다릅니다.
어부의 강, 뱃사공의 강, 농부의 강이 제각각입니다.

마침 마을의 가난한 청년이 수련단에 음식을 올리겠다고 청했습니다. 나무는 말없이 받아주었습니다. 많은 제자들의 낯빛이 불안했습니다.

"그는 잠잘 곳조차 없는 사람인데 먹거리를 올리겠다니 예사롭지 않습니다."

과연 그가 올린 음식에는 약간 이상한 냄새가 나는 것이 있었습니다.

"내게 준 먹거리는 그대로 두고, 다른 수련자에겐 이 음식을 빼시오."

나무는 행복한 얼굴로 말끔히 그릇을 비웠습니다. 그리고 밤새 심한 배앓이를 했습니다. 이윽고 그는 먼 길을 떠날 시간이 되었음을 넌지시 알렸습니다. 모여든 사람들은 눈물이 그렁그렁했습니다.

"그 젊은이를 미워하지 마시오. 가난한 청년의 진심은 더없이 큰 기쁨이었소. 슬퍼 마세요. 인연 있어 나온 세상, 잠시 지내다 이제 떠날 뿐이오. 인간만 특별할 것이라 여기며 허상을 만들지 마세요. 꾸준히 수련해 스스로 밝은 등불이 되시오. 모든 것은 뇌가 만들 뿐, 뇌가 짓는 헛된 생각으로 한 번뿐인 자신의 삶을 고통으로 살지 않도록 하세요. 나와 맺어진 만물을 고마워하고 사랑하시오. 그것이 바로 복 짓는 일입니다."

나무의 눈이 그 옛날 어머니처럼 스르르 감겼습니다. 입가의 미소는 세상에 대한 애틋한 마음 같았습니다. 다음 날 수련단은 나무의 소식을 널리 알렸습니다.

"완전히 깨우친 분, 거목처럼 품이 넓으신 우리의 스승께서 먼 길을 떠났습니다. 남기신 말씀은 다음과 같습니다. 모든 것은 내가 만들 뿐, 내가 짓는 헛된 생각으로 한 번뿐인 자신의 삶을 고통으로 살지 않도록 하세요!"

▍나와 맺어진 만물을 고마워하고 사랑하세요.

이 책의 나무는, 주인공의 이름이면서 동시에 식물로서의 나무다. 나무는 뿌리 내린 그 자리에서 수백 년을 살아내어 넉넉한 품으로 그늘과 안식처를 제공한다. 사람들은 거목에 금줄을 두르고 귀히 여기면서 경외심을 갖는다. 나무 앞에서 안녕을 빌고 운명을 맡기며 살아가기도 한다. 어느새 신(神)이 되는 것이다.

주인공은 마지막까지 '뇌가 짓는 헛된 생각'을 경계했다, 하지만 제자들은 '내가 짓는 헛된 생각'으로 받아들이면서 거기에 망상을 덧붙인다. 스승의 생각을 와전해서 받아들인 것이다.

문화 전반에도 이러한 어긋남이 일어나면 서로 간에 두꺼운 벽이 생긴다. 이 책을 통해 주인공 나무의 치열한 삶과 나무가 어떻게 우람한 거목으로 변해가는지를 알아보면 좋겠다.

책 마지막 장을 덮으면서야 비로소 작가가 지은 제목의 물음을 짐작할 수 있었다. 작가가 해외파견 한국어교원으로서 인도의 청소년들을 가르치며 그곳의 다양한 문화를 접한다는 소식을 들었던 때와 작가의 집필 시기가 겹쳤다. 당시는 우리나라 언론에서 각종 신앙의 문제를 심각하게 보도하던 때였다.

삶에 대한 철학을 쌓아야 할 청소년뿐 아니라 어른들도 한 번쯤 이 책을 읽고 자신을 되돌아보는 계기로 삼았으면 좋겠다. 기계적 감성과 계량적 인간관계로 병들어 가는 이 사회가, 진정한 정치와 종교 그리고 삶의 모습을 깨우쳐 행복하게 엮어지길 기대해 본다.

동화작가 유행두

인도 제자들을 위한 덧붙임

(Addition for the students of India)

How can Namu become a giant tree

Jung Boam

1

When I was young, after a long period of
wanderlust, I lived in the southwestern Himalayas
for a few years. Initially, my purpose was simply
to travel, but during my stay, a Korean craze
broke out, and I ended up staying longer as a
Korean language teacher. A story I heard from
one of my student's grandfathers during that

time still resonates deeply with me, and I felt compelled to share it with others.

When I first heard the story, it seemed to touch upon elements common to many of the world's religions, which left me feeling somewhat skeptical. However, the student's grandfather looked at me very seriously and said:

"Jesus, Muhammad, Buddha··· these names are just different forms of Hinduism. They were not following God's teachings properly, but over time, they were born into the world to demonstrate the principles of life. And in this country, there are countless people who have realized this truth. But the story I heard from my grandfather about 'Namu' had a particularly special impact on me."

He then asked me to remember and spread the true life, wisdom, and love for neighbors that Namu embodied. This is why, after much hesitation, I am writing this. If any of you find meaning in this story, I could ask for nothing more.

2

Once upon a time, in a small village, a kind—hearted couple gave birth to a child named Namu. He was a long—awaited baby, and his parents cherished and raised him with great care.

However, ten years later, Namu's mother fell ill with a mysterious disease and was confined to her bed. When no medicine could heal her, Namu's father brought a famous guru to their home in hopes of finding a cure.

To young Namu, the guru seemed unusual. While most villagers sought advice from his father, his father instead turned to the guru. After offering a long prayer, the guru spoke:

"She will pass on to the next world, just as she has lived in this one."

It was then that Namu realized people could get sick and die. He also learned that, depending on the life they led, people were reborn into another world after death. Namu couldn't accept that his beloved mother was leaving him behind to go to another world.

Namu's father appeared to come to terms with the situation, believing it was the will of Heaven. Finally, his mother's hand, which had held Namu's tightly, went limp, and she closed her eyes for the last time. Everyone in the village mourned, even though the guru assured them that she would be reborn in the next world.

As Namu grew older, he became an upright young man. His father hurriedly arranged his marriage, choosing a woman from a good family to be his daughter-in-law. This was partly because he occasionally sensed a deep sadness in his son, who he believed would lead the family after him.

Namu worked in the fields and saw many things when he ventured outside. He saw some people toiling away, others stumbling in sickness. He noticed a bug crawling out of the ground, only to be attacked and eaten by a bird. He even encountered people carrying the dead to the cemetery, which reminded him of his mother.

"Why is life so hard for people? Why do people get sick?"

"Does a bug know it's about to be eaten?"

"My mom died so young. Will I die, too?"

The guru had said that God, who created the world, made all life too, but Namu found it is hard to believe. If God made humans, why was life so difficult. Why should a bug be eaten by a bird.

Namu somehow felt that he alone would not die. He could not believe that a dead person, his body frozen cold, could be carried to the cemetery without even complaining, even though he was shaken by the pallbearers. It felt like a heavy stone was pressing on his chest.

Fortunately, he heard of people, both within and

outside the country, who studied the principles of the world and the will of the Creator. They trained diligently, sacrificing time for dressing and eating, to seek the 'true self'.

Namu decided that he would pursue this training. He was aware of his father's expectations, but he felt he had no choice. He needed to answer the questions that had arisen since his mother's death before he could do anything else well.

"Tell my father after I leave. I must remove this heavy stone from my chest."

"You've finally made up your mind. I might be carrying a child…."

His wife sighed deeply as he turned away. Namu, whose eyes were wavering for a moment, replied quietly,

"Then I will train even harder for the sake of the new life we may be bringing into the world."

3

After leaving home, Namu met a teacher known as "Best Practice." This teacher believed that one should not be comfortable or full, so he studied while sitting on a stone floor and ate only one meal a day. He was renowned for finding 'true self' through rigorous struggle.

Namu was thrilled to meet such a teacher and begin his practice. Namu was so happy. He felt as though he was finally on the path to enlightenment. Although it was difficult at first, Namu quickly adapted, believing that this was the shortcut to finding his true self. Eventually, he was told that he had become even more proficient in his training than his teacher. But that was as far as it went. Despite his excellent training, the true self, which seemed within reach, remained elusive.

Determined, Namu sought out another teacher,

known as 'Observation Best'. This teacher offered Namu a new perspective, teaching him to see the world with different eyes. When he heard that all animals in the mountains were part of a cycle of being eaten and eating, Namu felt a new awareness. But the teacher pointed out that humans were different: they could raise, catch, and cook animals because God had permitted it. He also taught that humans die and are reborn. The teacher seemed to possess a mysterious power, able to observe things invisible to ordinary people.

Despite Namu's diligent observation and practice, even though he was also said to be better than the teacher, he still couldn't grasp the true self. The deeper understanding of life and the concept of the next life that his teacher spoke of remained elusive and mysterious to him.

Once again, Namu set out on his journey. This

time, he decided to train alone in silence, so he went to a rocky mountain near the cemetery. There, he trained intensely, almost without eating or sleeping, determined to die if he could not find his true self. As time passed, his cheeks became sunken, and his ribs began to protrude more each day. Many years went by like this.

Namu's body eventually resembled that of a dead man being carried to the cemetery. A bird even perched on him, pecking at his unmoving body. Yet, the practice continued. Then one day, he suddenly envisioned himself falling from a high cliff. He thought he would die before discovering his true self. Slowly, Namu got up, rubbing his stiffened legs.

He managed to grab his tattered clothes and made his way to a nearby stream. He scooped up a handful of clear, running water and washed himself. As he did, he suddenly lost consciousness.

4

After a while, a worried-faced woman came into Namu's view as he regained consciousness.

"Hello, are you okay?"

The woman was gently resting the sick man's head on her thigh, carefully lifting a spoonful of thin rice gruel to moisten his lips little by little. Namu tried to raise himself for a moment, but he had no strength and could only manage a slight flinch.

"Rest until your strength returns. If you had fallen towards the stream, you might not have survived."

"Oh, thank you very much."

Namu expressed his gratitude deeply. He felt the warmth of the woman's touch, something he had forgotten in his solitary pursuit. He was moved by her genuine care and suddenly thought that this woman was the most beautiful person in the world. He was afraid that his firm determination to focus solely on the practice of asceticism might be lost in the stream.

Namu reconsidered and decided to continue his training, but this time with a different approach. He continued to eat less and sleep little, enduring great discomfort, but the true self still eluded him. However, he gained one insight: suffering and deprivation would only push the true self further away.

Namu cleared a spot by the stream, carefully arranging the bushes, and sat down comfortably. The woman who had saved his life brought him food once a day, which was a great help. Namu sat in deep thought under the shade of a large tree with wide-spreading branches. As his body and mind recovered, he found that his training improved. His body and mind began to work in harmony.

Reflecting on it, everything in life was inter—

connected. A person needs to be physically comfortable to immerse their mind in deep thoughts: a mother cow needs to nourish her calf in comfort. There are bugs, and there are birds. There are mountains, and there are rivers. Where there are rivers, there are seas⋯.

At one point, Namu saw a ray of light stretch across the dawn sky. "Everything works together like the fingers of a clasped hand. All life exists thanks to everything else. Lions live because of small animals, and small animals live because of grass. People are the same. Big or small, no one in the world exists in isolation."

Namu felt the cold weight on his chest begin to lift. He seemed to have found a clue.

Now that his body and mind were healthy, he could see deeper into the world. The 'true self' also seemed to be rooted in Namu's relationship with the world. However, that relationship was always changing. As a child, the relationship with one's parents is different from the relationship with them today. New relationships form that didn't exist before. If so, our true self would also change.

The saying that God made the world seemed questionable if it meant that even the true self was changing. If God made it, how could it change along the way? No one has ever met someone who claimed to have seen God. No one has died and come back. We've never heard of parents and children from past lives meeting again. Namu, a student of the 'Best Contemplation' teacher, carefully observed the words about God. Finally, he nodded in understanding. Aha, God exists in the human mind! He realized that people needed the concept of God to explain the mysteries of the world.

5

Namu wanted to quickly share his enlightenment with his teachers, but they were no longer of this world. He then thought of the friends who had practiced with him under his old teacher. He ran to them and shared his experiences. The friends said that hearing Namu's story brought them peace. Some even said they felt ready to die, believing that people lived in harmony with nature, like grass on the side of the road, and left at the right time, like a bug.

Seeing that he could convey his training and thoughts to those seeking the true self, Namu dispersed the gathering after promising to share his insights with the world. Namu returned to the rocky mountain. The village below was always warm and full of food year—round. Every store buzzed with interesting stories as vendors from various countries came and went. With many training groups in the area, Namu found it to be a suitable environment for him.

Namu continued to express his gratitude to the woman who had saved his life. Naturally, he began to talk about his journey to enlightenment, but he noticed the same expressions of understanding in the woman as he had seen in his friends. It became clear that there was no distinction between men and women when it came to enlightenment. The woman was delighted and introduced him to a famous guru nearby, who was so wise that even the king of the country often visited him.

The 'Best Wisdom' teacher welcomed Namu warmly, even though they had never met before. He asked his first disciple to show Namu where he could stay. The first disciple guided Namu to an empty spot in the corner. As Namu prepared to sleep in the evening, he suddenly saw a poisonous snake slither by. Though startled for a moment, Namu, who had trained in the rocky mountain cemetery and often encountered such snakes, was not afraid. He knew that no snake would attack something much larger than itself. Namu lay down comfortably after scattering some grass around the area that the poisonous snake disliked. Knowing that dangerous snakes frequented the spot, the other disciples came by to check on Namu.

One day, there was a major event at the training center, and Namu sat quietly at the end. The Best Wisdom teacher was addressing his students with deep resonance when suddenly a woman ran up, shouting in distress.

"I always offer food here, but instead of being blessed, my son has stopped breathing with his eyes wide open. Please, save my child!"

The group was thrown into turmoil. The eyes of the child that the woman was holding were already turning black. How could anyone save the dead? The woman was acting desperately, even toward the wisest teacher. At this moment, Namu quietly stepped forward.

"Best Wisdom teacher, I will save this lady's son," he said, then turned to the woman.

"Ma'am, go to your neighbors now and ask if any of them have never experienced the death of a family member. If you find such a person, I will save your child."

The woman, clinging to the hope of saving her child, hurried off. She returned to the training center shortly afterward, but her steps were now calm. Bowing her head, she spoke softly.

"I must have lost my mind for a moment in the face of my son's death. Thank you for reminding me that death comes to everyone, and it can happen at any time."

That night, the Best Wisdom teacher sought out Namu. He asked Namu to accept him as a disciple. Namu humbly declined multiple times, but the teacher's determination was unyielding. The other disciples, too, followed their teacher's wish with sincere hearts and treated Namu with the respect due to a young master.

Namu shared his enlightenment with the public using simple and accessible language, making it easy for everyone to understand. Not only the trainees but even the grass—pulling workers in the yard nodded in agreement when they heard his words. Instead of the difficult language used by those who have undergone years of practice, he conveyed his ideas in simple terms accessible to ordinary people.

"The food I eat is made through someone's hard work, and the clothes I wear are made by someone's sweat. Always remember that. And remember, everything changes. I have changed too. So don't cling to one thing. Let go of the unchangeable past or the uncertain future and live a happy life now. We don't know if our time is in the past or the next. Don't get too absorbed in what you cannot know."

The king of the country was also greatly influenced by Namu's teachings. Namu's wisdom provided a solid foundation for the standards of living that were essential for ruling the country. The people, who had previously taken the words of the nation's religious leaders more seriously, gradually embraced the rules set by the king.

Although Namu was the leader of a large training group, his clothes and food were no different from those of the other disciples. Looking for food Namu would occasionally chat with the many merchants who passed through, One day, a traveling merchant with camels shared an observation:

"I've traveled to the edge of the desert, where people different from us live. They speak a different language, and they worship different gods. They believe that when a person dies, his spirit enters the body of his descendants."

Hearing this, Namu reflected on how vast the world was, realizing that each region would have its own unique beliefs and ideas.

6

Then one day, after a long period of deep meditation in the rocky mountain cave, Namu slowly opened his eyes. Everything was shrouded in dim darkness. As he hurried back to his accommodation, he overheard a conversation. A low, deep voice, familiar to Namu, spoke.

"He's enlightened, no matter what anyone says. You shouldn't speak so recklessly just because the master is young!"

"Sir, he has surely eaten something delicious in the woman's arms and has taken it easy, resting among the bushes. Her fiance is a witness. This cannot be overlooked!"

Namu recognized the first disciple's criticism, and after a while, the Best Wisdom teacher responded.

"How wonderful he is! Being cared for after losing consciousness is proof of a death-defying dedication to training, and neatly arranging the bushes shows that he attempted a new practice method beyond mere formality."

Namu realized that the success of the training group was not achieved by accident. He also understood deeply that these gatherings were interconnected in intricate ways. The Wisdom teacher was indeed a wise man.

A few days later, there was a loud commotion, and the Best Wisdom teacher quickly sought out Namu.

"Enlightened Master, you need to leave for a while. The king's second son has led a rebellion. He and our first disciple are well-acquainted, and he desires to become the highest-ranking student in our group."

At the same time, the teacher suggested that Namu take this opportunity to visit his old disciples in the north. Namu agreed and embarked on a journey. Accompanying Namu, who had changed into travel clothes, was a young trainee who guided him by the starlight.

Following the disciple's suggestion to use the sea route rather than the land route, Namu boarded a boat with a group of merchants. However, soon after, strong winds and rain began to blow. The disciple assured him it was a rare occurrence and would likely stop soon. But the wind intensified, the mast broke, and the boat seemed close to capsizing. At that moment, someone shouted.

"There seems to be an unclean woman on our boat!"

He pointed to a particular spot. The faces of a merchant brother and sister changed with concern. As merchant groups were usually composed only of men, it was rare to see women among them. The agitated crew dragged the woman out.

"Let's sacrifice this woman to the sea god!"

Namu quickly intervened.

"Why do you call this woman unclean? Show me the proof."

The crowd paused.

"Have you seen the sea god? Do you know what it looks like? Even if one exists, how can you be sure she is to blame for the storm? The waves are caused by the wind! I will pray to the gods to calm the storm, so please wait a moment. If my prayers fail, you may do as you wish."

Namu then instructed them to throw all their heavy cargo into the sea and have everyone lie face down in the middle of the boat. He prayed for a long time with a solemn expression. After a while, the wind subsided, and the boat stabilized.

Everyone, including the merchant brother and sister, looked up to Namu with respect. Namu humbly explained that the wind had ceased according to fate and that he had merely waited until it passed.

The ship, now without a mast, drifted on the sea for days. Eventually, it came into contact with a rocky crevice by the shore. Soldiers soon appeared from somewhere. The woman, who had narrowly escaped death, listened intently to the unfamiliar language of the soldiers and breathed a sigh of relief. It was a language she had learned a little of before. When the king of this land heard about Namu and his group's situation, he offered them assistance. Fortunately, there was a large event taking place in the country, and the king invited them to attend. Somehow, the story being told about the main figure of the event seemed connected to the training group in Namu's country. Of course, Namu learned this through the woman's interpretation.

"I have learned how the world was created by a 'Awakening person' from a western country. If you don't live a good life, you will die and fall into a pit of fire. Work hard to cleanse your body and mind. Blessings will come if you simply recite his name."

Namu was quite surprised. He was amazed that his teachings had spread so far, but even more surprised by how much they had changed from his original words. It was true that people should live good lives, but he had never claimed that man dies and falls into a fireball. The afterlife is unknowable. The idea that merely invoking someone else's name could bring good fortune felt deeply wrong to Namu.

Later, Namu learned from the event's host that a great teacher from a large northern country existed. He was told that this teacher had shared the words of an enlightened person from that region. Namu was intrigued and asked for directions to the northern country, expressing his gratitude.

"Thank you. I've heard of him before. He taught me not to dwell on the unobservable past or future but to live fully in the present."

The woman who had been interpreting looked at Namu with wide eyes. Namu smiled gently.

As Namu and his crew were preparing to return home through the northern country, the king suddenly appeared. The king proposed marriage to the interpreter. She had served the king tea several times as a token of gratitude, which had cured the king of his longstanding headaches. Moreover, the king had shown great interest in her beautiful necklace. The golden beads and finely cut iron charms matched what the king had seen in his dreams. Namu sincerely congratulated them on their marriage.

"I don't know what to call this connection, but

it will remain special for a long time. I also think the teachings from the western country will be well received here."

The woman smiled and nodded slowly. It seemed she felt more than just the joy of becoming a queen.

7

It wasn't easy to meet the great teacher from the northern country. After searching for several days, Namu and the young trainee encountered a group of horsemen in the middle of the desert. They were fearsome bandits. In the blink of an eye, the two were ensnared in nets. The trainee resisted with all his might to protect his teacher, but he couldn't withstand the bandits' whips. Namu tried to hold onto the student with all his strength, but his body was already tied to the side of the bandit's horse.

When Namu regained consciousness, he found himself lying on a pile of dirt. Large, hairy bodies with white faces fluttered through Namu like fish. Then, a man's rough hand grabbed Namu by the back of his head. He had been sold as a slave in a foreign country, without ever reaching the northern land.

Namu was in a state of shock. He couldn't understand the language around him and was overwhelmed by the relentless demands placed upon him. One day, he saw his reflection in the water and realized he looked just like the laborers from his homeland: sunburnt skin, disheveled hair, and clothes soaked in mud. It revealed his statement that people do not inherently possess high or low status. Suddenly, Namu regained his resolve and determined to overcome this hardship and return to his homeland.

Believing that understanding the local language

was crucial, Namu spent time near the children of the household where he was enslaved. As the children learned new words, he would mimic and learn from them. But one day, a forest fire broke out. The children playing in the forest were caught in the path of the raging flames. Namu quickly ran to cover the children and started a backfire to stop the approaching blaze. The owner, who had been frantically watching from a distance, was shocked and screamed in terror. However, when the fire subsided and his children were safe, the owner, who had not lost his children due to Namu's quick thinking, began treating Namu with more respect than any other slave. From that day, Namu was allowed to continue studying the language with the children.

As years passed, Namu gradually became able to communicate with the children's tutor. When the owner heard from the tutor about Namu's background and wisdom, he made extensive arrangements for Namu to return to his homeland. The tutor, moved by Namu's wisdom, also allowed him to meet her own teachers.

These teachers were thoughtful individuals with deep insights.

"Everything is the same, just in different forms. When you break things down, the smallest part remains, and I call that an element. All things are equal in their elemental form."

Another thinker added politely, "You must only claim to know what you can truly know. That's why I always say, 'Know thyself first.'"

Namu resonated deeply with their ideas and carefully expressed his thoughts.

"It seems that everything in the world is interconnected. Just as having one thing implies the existence of another···. Nothing stands tall without change. People themselves are constantly changing. The person I was yesterday is clearly different from the person I am today."

The teachers were astonished by the wisdom coming from someone who appeared to be an insignificant slave. They held onto Namu, asking for more teachings, and vowed to expand upon his insights in their own studies.

With the help of his owner, Namu finally met the great teacher from the northern country. People called him a true master and revered him almost like a god.

"Fortunately, I was able to study in the land of the enlightened. Although I did not meet him in person, I have heard that he sees through the past, present, and future. He said that if you only pursue pleasure, you will die and be reborn as a beast. That is why I am always training while looking at this clean wall."

Namu could somewhat grasp the essence of what the northern teacher was saying, so he asked cautiously, "Are you saying you focus solely on the wall today for the sake of an uncertain future?"

"Uh-huh, that statement is very dangerous. If you do not practice today, you will not attain eternal life tomorrow."

Namu sighed briefly. While it was important to spread life lessons, he was reminded of how crucial it was to teach them accurately.

8

Finally, Namu was able to board a ship back home. The vessel was much larger than the one he had left his hometown on. Most of the passengers appeared to be traders, though their clothes were different, and they were noisy with their own chatter.

On one side of the ship, there was a food stall. Namu decided to get some food from his hometown. It had been a while since he had eaten such a meal, and he enjoyed it thoroughly. However, after a while, he started to experience severe hiccups. Drinking water did no good.

"Huh, you ate too quickly. Pinch your nose and mouth tightly, hold your breath, and swallow your saliva three times," said someone next to him indifferently.

Namu followed the advice, and the hiccups stopped as if by magic.

Grateful for the help, Namu realized that there were many knowledgeable people in the world. While some believe that humans and animals are fundamentally the same, this experience highlighted a clear difference. Namu heard a lot from grateful people.

"I've been studying medicine for a long time, especially the brains of animals and humans. If the heart stops for a while, we survive, but if the brain stops, we die. The human brain is larger than that of a bull's. One day, I had the opportunity to examine the brain of a mad beggar which was very shrunken and had a stodgy patch."

This was a whole new realm of conversation for Namu. Although he had spent years in a cemetery and was aware that children and adults have different head sizes, this level of detail was new to him.

"I believe all our thoughts come from the brain. People say the heart is important, but that's just looking at the outside."

Someone who seemed to be a friend of the speaker added, "Even the smartest people seem to have larger brains than average. Adults' brains are definitely more complex and heavier than those of children."

"Exactly. If monkeys had big brains, they might have evolved into humans."

At the same time, they lowered their voices as if they were concerned about the people around them.

"I heard that the Creator made humans the most precious, but if we do something wrong here, the Creator might be misunderstood."

The person who studied medicine seemed to put his god first. The two individuals then turned to Namu.

"By the way, since you're heading to the western country, I have a question. Do you know about the enlightened man?"

"Well, I've been away from my country for a long time, so I'm not familiar with him⋯."

"He descended from heaven to alleviate our suffering."

"Now he is in heaven for his deceased mother."

Namu was suddenly curious.

"Do you really believe he is an enlightened person? Are you saying he is in the sky?"

"I think many people believe it. It is even more convincing that he is both in and out of the sky."

"Do you believe people come and go to heaven?"

"I do, so I realize that the Creator loves us."

Even someone who appeared wise and experienced seemed to hold an almost unconditional belief in God. Wisdom can grow from observation and experience, but truly understanding the world is another matter. Namu once again felt the need for training to refine such experiences into true wisdom.

Suddenly, the boat shook violently. People cried out all at once.

"Oh, my God!"

"Holy Creator, please keep us safe!"

Everyone turned pale and sought solace in their own gods, praying fervently for their lives. It seemed that the fear of death was everyone's instinct.

9

At first, the disciples of the training group did not recognize Namu. The Best wisdom had passed away a long time ago, and the number of trainees had grown significantly. Additionally, after the failure of the prince's rebellion, the training group had established various principles centered on the Best rule disciple and had expanded its teachings in an orderly manner. The training group in the north was also crowded, and teachings had become scattered. Rumors about an enlightened person returning from the next life were circulating.

Namu encouraged his disciples for their hard work. And he distanced himself from vague beliefs and inflated respect for himself.

"Don't compare me to the many gods people believe in. Performers might misunderstand. We don't know what exists in the past or the next life. Don't say easily that you've heard a lot from a long time ago without knowing. If you believe something because someone else tells you to, and believe because someone else believes it, then that is superstition."

Namu recalled the words he had heard on his way back. He thought that the mind seemed to be caused by the brain in the head. The mind never stops: it constantly reacts and generates thoughts, even appearing to move during sleep. Namu reflected on the time when he stopped eating and focused on the true self. 'What was my mind like then?' At that time, he had a mind that was eagerly searching for the true self. There were even times when he had doubts about whether 'the true self was something could seek'.

Upon reflection, Namu recognized that the mind also plays a special role in responding to its surroundings. He remembered how his brain had changed over time. When he had become a slave, the mind of a slave had emerged naturally. This is how the mind interprets the world and adapts to the body.

Conversely, there seemed to be a role in believing or doubting certain things. Earthworms die without any knowledge of where they go, but people are said to be reborn in the next life. Namu had also seen insects he had never encountered before in other countries. Where do they go after they die?

The words of the Best practice teacher lingered in Namu's ear. That's why he emphasized the need to stop the mind! The practice of stopping the ever-active brain. By focusing solely on observing our brain, we would see the world more clearly. The same principle applies to the mind. Even a bowl of rice looks smaller when you're hungry and larger when you're full. It seemed most important to control the heart.

The knots of the past gradually loosened. While

the sky's sun may be called different names by different people, it remains a single object. However, the concepts of 'pre-life' and 'next-life' created by the brain are not so uniform. Words vary, and objects differ. Thus, these concepts stray from pointing to a single fact like the sun.

Namu placed greater emphasis on practice rather than mere knowledge. Many people had learned things from traveling the world, but few applied that knowledge in practice. Realizing the true self through experiential training was crucial. This way, one could live daily life happily and without disruption.

Just in time, Namu reconnected with his wife from his hometown, who appeared with their grown-up son. He also found the woman who had saved his life. She was now alone and volunteering to cook rice at the training center.

Namu asked his Best rule disciple to accept them all as practitioners. The training group, which had previously hesitated to accept women, no longer opposed it. Consequently, the trainees raised the flag of equality, with no discrimination based on status or gender.

After establishing this framework, Namu adjusted the number of members in the training group. He instructed those who were enlightened to return home and do their best to live. In a world where we live through connections, if a person has doubts about life, the training group should seek answers. But once resolved, one should work hard to live another day. Namu always said that since the training group received sustenance from the public, they should diligently follow the truth and repay what they had learned to the community.

Additionally, Namu was cautious about the distortion of his teachings.

"Don't make private records of my words: just convey them as they are."

Namu had been troubled by a woman in the past who caused a fuss about saving her child.

"A trainee rejects any form of wealth. Do not speak of heaven: it is a honeyed poison. If you buy good fortune with money, it is Hell."

As the years went by, Namu had many a dizzying moment. It was always like that around the time of his mind to spread his happy enlightenment. Namu suddenly felt that the time is approaching. The relationship suddenly appeared and patted one's shoulder as if he were always there.

"Everything is created by the mind. When you say 'river', each person imagines it differently— a fisherman's river, a boatman's river, a farmer's river···. It cannot be the same for everyone. Stop your mind and look carefully. The same applies to the God we seek. It's the same with what I say."

At that moment, a poor young man from the village came to offer food at the training camp.

Namu accepted the offering without comment. Many disciples were apprehensive.

"He is someone without even a place to sleep, so it's unusual for him to offer food."

Indeed, there was something that smelled a little strange in the food he offered.

"Leave my bowl as it is, and set this strange smell food aside for the other trainees."

Namu emptied the bowl with a happy face, but soon suffered a severe stomachache throughout the night. Soon he hinted that it was time to set off on his long journey. The gathered disciples were in tears.

"Do not harbor ill will towards the young man. His heart was full of joy in his act of giving. Do not be sad. The world I emerged from, I stayed for a while, and now I am leaving. Do not create the illusion that only humans are special. Practice steadily and become a guiding light for yourself. Everything is created by brain. Do not let your one and only life be ruined by the vain thoughts of the brain. Appreciate and love all things that come together with you. That is the true blessing."

Namu's eyes closed gently, reminiscent of his mother long ago. The smile at the corner of his mouth was like a loving heart for the world. The next day, the disciples announced the news of Namu.

"A fully enlightened man, our Master, like a great, well-spread-out tree, has departed. Here is what he left us with: Everything is created by me. Do not let your one and only life be ruined by the vain thoughts of me!"

나무는 어쩌 거목이 될까요

초판 1쇄 발행   2024. 9. 9.

지은이 정보암
펴낸이 김병호
펴낸곳 주식회사 바른북스

편집진행 박하연
디자인 한채린

등록 2019년 4월 3일 제2019-000040호
주소 서울시 성동구 연무장5길 9-16, 301호 (성수동2가, 블루스톤타워)
대표전화 070-7857-9719 | **경영지원** 02-3409-9719 | **팩스** 070-7610-9820

•바른북스는 여러분의 다양한 아이디어와 원고 투고를 설레는 마음으로 기다리고 있습니다.

이메일 barunbooks21@naver.com | **원고투고** barunbooks21@naver.com
홈페이지 www.barunbooks.com | **공식 블로그** blog.naver.com/barunbooks7
공식 포스트 post.naver.com/barunbooks7 | **페이스북** facebook.com/barunbooks7

ⓒ 정보암, 2024
ISBN 979-11-7263-132-1 03810